"Bw-hw-hw!"

Beth wnawn ni â BABI

BW-HW?

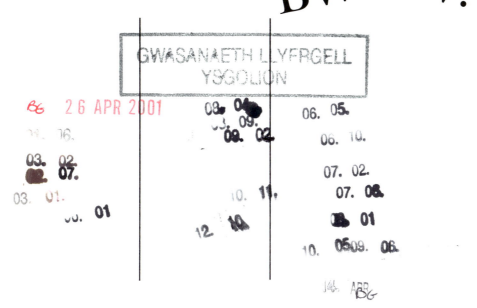

Testun hawlfraint © Cressida Cowell, 2000
Lluniau hawlfraint © Ingrid Godon, 2000
Y cyhoeddiad Cymraeg © 2000 Dref Wen Cyf.

Cyhoeddwyd gyntaf yn Saesneg 2000
gan Macmillan Children's Books,
dan y teitl *What Shall We Do With The Boo Hoo Baby?*
Cyhoeddwyd yn Gymraeg 2001 gan Wasg y Dref Wen,
28 Ffordd yr Eglwys, Yr Eglwys Newydd,
Caerdydd CF14 2EA
Ffôn 029 20617860.

Argraffwyd yng Ngwlad Belg.

Beth wnawn ni â BABI BW-HW?

gan Cressida Cowell

lluniau gan Ingrid Godon

DREF WEN

Roedd y
babi'n dweud

"Cwac!"
meddai'r hwyaden.

Beth wnawn ni â
babi bw-hw?

"Rhoi bwyd iddo," meddai'r ci.

Felly dyma roi bwyd i'r babi.

"Miaw!" meddai'r gath.

"Bw-hw-hw!"

meddai'r babi.

Beth wnawn ni â
babi bw-hw?

"Rhoi bath iddo,"
meddai'r gath.

Felly dyma roi bath i'r babi.

"Bow-bow!"
meddai'r ci.

"Miaw!"
meddai'r gath.

Beth wnawn ni â

babi bw-hw?

"**Chwarae gyda fe,**"

meddai'r fuwch.

Felly dyma nhw'n chwarae â'r babi.

"Bw-hw-hw!" meddai'r babi.

Beth wnawn ni â
babi bw-hw?

"Ei roi e yn
y gwely,"
meddai'r
hwyaden.

"Miaw!"
meddai'r gath.

Felly dyma roi'r babi yn y gwely.

"Bow-bow!"
meddai'r ci.

"Cwac!"
meddai'r hwyaden.

"Mw!"
meddai'r fuwch,

a ...

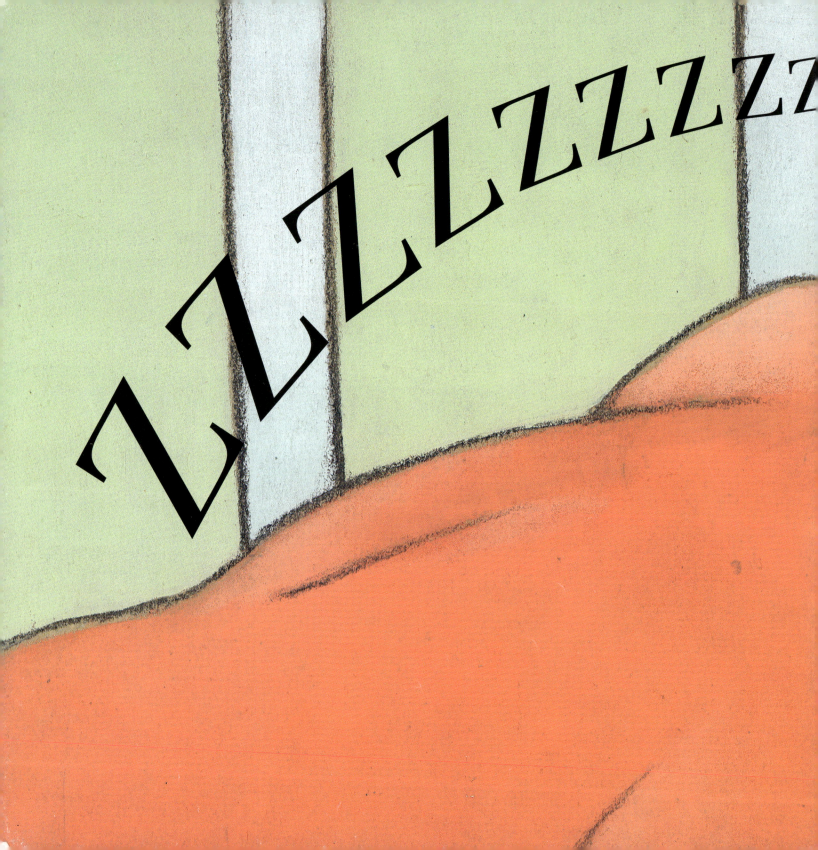

ZZZZZZzz meddai'r babi.